Alexander Khuon, geboren 1979 in Freiburg, studierte an der Staatlichen Hochschule für Musik und Theater Leipzig Schauspiel. Seit Beginn der Spielzeit 2004/2005 ist er festes Ensemblemitglied am Deutschen Theater Berlin, wo er u. a. neben Corinna Harfouch und Ulrich Matthes in *Wer hat Angst vor Virginia Woolf?* große Erfolge feierte.

Wolfram Koch, 1962 geboren, studierte an der Hochschule für Musik und Darstellende Kunst Frankfurt. Er spielte an fast allen großen deutschen Theatern und ist, neben seiner Film- und Fernseharbeit, ein sehr beliebter Hörbuch- und Hörspielsprecher.

Hanns Zischler, geboren 1947 in Nürnberg, ist Schauspieler, Übersetzer, Dramaturg und Buchautor. Sein Leinwanddebüt feierte er 1970 in dem Wim Wenders Film *Summer in the City*. Er spielte in zahlreichen Fernseh- und Kinofilmen, zuletzt eine Hauptrolle in Steven Spielbergs *München*.

»Mir scheint, dass wenige über die Liebe und Freundschaft so tief, mit einem so unermesslichen Mitgefühl für den Menschen geschrieben haben wie Stefan Zweig.«

Maxim Gorki

Stefan Zweig wurde am 28. November 1881 in Wien als zweiter Sohn des Textilfabrikanten Moritz Zweig und dessen Frau Ida geboren. Schon in jungen Jahren veröffentlichte er erste Gedichte, 1901 erschien seine erste Novelle. Zweig studierte Germanistik und Romanistik und promovierte 1904. In den folgenden Jahren erkundete er auf zahlreichen Reisen Europa, Amerika und Asien. Schriftstellerisch näherte er sich in dieser Zeit seinem unverwechselbaren, intuitiv-psychoanalytisch geprägten Stil. Zwei der wichtigsten Werke dieser Periode sind die Novellen *Brennendes Geheimnis* und *Die Gouvernante*, die 1911 entstanden, »feinsinnige Studien über Pubertätskonflikte« und »ernsthaft begründete Anklagen gegen eine jugendfeindliche Erziehung« (Arnold Bauer).

Nach Ausbruch des Ersten Weltkriegs meldete sich Stefan Zweig als Freiwilliger und arbeitete bis 1917 im Kriegsarchiv. Angesichts der bedrückenden Kriegsrealität, die er als Sonderbeauftragter des Archivs in Galizien kennen lernte, wurde Zweig zum überzeugten Pazifisten. 1917 nutzte er eine Vortragsreise in die Schweiz, um sich dem Kriegsdienst zu entziehen. Während seines Aufenthaltes in der Schweiz engagierte er sich zusammen mit anderen emigrierten Intellektuellen aus den Krieg führenden Ländern für ein neues Europa und gegen den Krieg.

Nach Kriegsende ließ er sich in Salzburg nieder, heiratete 1920 Friderike von Winternitz und arbeitete u.a. als Journalist und Korrespondent für die *Neue Freie Presse*, für die er schon als junger Mann geschrieben hatte und der er bis 1938 treu blieb. Auf vielen Vorträgen und in zahllosen Aufsätzen und Artikeln warb er für eine geistig geeinte, paneuropäische Allianz und warnte vor dem grassierenden Nationalismus und dessen radikalen Auswüchsen. Mehr und mehr aber erkannte Zweig, dass seine Hoffnungen unerfüllt, seine Mahnungen ungehört blieben. Er zog sich zurück, seine Ideale aber gab er nicht auf, sie flossen weiter in seine Werke ein. In seinen furiosen Essays beklagte er den kulturellen Zustand seines Heimatkontinents oder, z. B. in *Die Monotonisierung der Welt* von 1925, die Nivellierung und Gleichförmigkeit der Kulturen. Mit seinen empfindsamen Novellen schuf er nicht nur außergewöhnlich feine psychologische Studien, immer klang auch die Sehnsucht nach einer anderen, einer besseren Welt mit an, so wie in der Kurzgeschichte *Die unsichtbare Sammlung* von 1927, in der ein Kunsthändler in den Zeiten der Inflation einem blinden und verarmten Sammler, dessen notleidende Familie Stück um Stück seiner Bilder verkaufen musste, begegnet, oder in der zeitgleich veröffentlichten *Episode am Genfer See*, die vom Schicksal eines im Weltkrieg desertierten Russen berichtet. Im selben Jahr erschien nicht nur sein bis dato größter Erfolg, *Sternstunden der Menschheit*, sondern auch die Novelle *Untergang eines Herzens*, die bittere Schilderung des psychischen Niedergangs eines alten Mannes.

Im folgenden Jahr besuchte Zweig die Sowjetunion und schloss Freundschaft mit Maxim Gorki, auf dessen Betreiben Zweigs Bücher auch auf Russisch erschienen. Anfang der Dreißiger Jahre war er der weltweit meistübersetzte Autor. Seine literarisch-biographischen Miniaturen (über Nietzsche, Tolstoj, Freud u.a.) wurden ebenso bewundert und verschlungen wie seine Erzählungen und Essays. Seit Mitte der Zwanziger Jahre wurden von jedem Buch, das Zweig veröffentlichte, schon am ersten Tag Zehntausende Exemplare allein in Deutschland verkauft. Und doch brannten zu Beginn der nationalsozialistischen Terrorherrschaft auch Stefan Zweigs Bücher. Ab 1934 durften seine Werke in Deutschland nicht mehr verlegt werden, 1936 wurden sie ganz verboten, 1938 auch in Österreich. Zu diesem Zeitpunkt lebte Zweig mit seiner zweiten Frau Lotte Altmann bereits seit vier Jahren in London. Im Londoner Exil erschienen neben weiteren beeindruckenden Charakterstudien (u.a. *Maria Stuart*) auch sein einziger, zu Lebzeiten veröffentlichter

Roman, *Ungeduld des Herzens*, sowie brillante Essays wie *Das Geheimnis des künstlerischen Schaffens* (1938).

Mit Ausbruch des Zweiten Weltkriegs zerbrachen Zweigs Hoffnungen auf Frieden, Toleranz und Verständigung unter den Völkern endgültig. Das Schicksal seiner europäischen Heimat nahm ihm letztlich jeglichen Lebensmut, so dass er gemeinsam mit seiner Frau am 23. Februar 1942 in Petrópolis nahe Rio de Janeiro »aus freiem Willen und mit klaren Sinnen« aus dem Leben schied. Sein letztes veröffentlichtes Werk, *Schachnovelle*, das den vergeblichen Widerstand des Moralischen gegen das Totalitäre thematisiert, zeugt bereits von tiefer Resignation.

Der große Humanist Stefan Zweig gilt als bis heute unübertroffener Meister der spannenden Novelle und ist einer der meistgelesenen und beliebtesten deutschsprachigen Autoren.

BRENNENDES GEHEIMNIS Gelesen von Alexander Khuon
MEISTERERZÄHLUNGEN Gelesen von Wolfram Koch
ESSAYS Gelesen von Hanns Zischler

Ungekürzte Lesungen. Gesamtlaufzeit 437 Minuten
6 CDs mit Booklet
ISBN 10: 3-86610-105-8 ISBN 13: 978-3-86610-105-0

Produktion: 2006 Argon Verlag GmbH, Berlin

Regie: Torsten Feuerstein
Brennendes Geheimnis, Essays:
Aufnahme: studio_wort, Berlin Tonmeister: Patrick Ehrlich
Meistererzählungen:
Aufnahme: On Air Studio, Berlin Tonmeister: Ahmed Chouraqui

Umschlaggestaltung: Bauer + Möhring, Berlin
Umschlagabbildung: © Archiv S. Fischer Verlag GmbH
Foto Wolfram Koch: © Christian Schoppe
Foto Alexander Khuon: © Iko Freese / DRAMA.
Foto Hanns Zischler: © Henrik Jordan
Bookletredaktion: Henning Bartels

Bibliographischer Nachweis:
Brennendes Geheimnis: Stefan Zweig, ›Brennendes Geheimnis. Erzählungen‹ (= GWE*), © 1987 S. Fischer Verlag GmbH, Frankfurt am Main
Episode am Genfer See: Stefan Zweig, ›Der Amokläufer. Erzählungen‹ (= GWE*), © 1984 S. Fischer Verlag GmbH, Frankfurt am Main
Die unsichtbare Sammlung: Stefan Zweig, ›Buchmendel. Erzählungen‹ (= GWE*), © 1990 S. Fischer Verlag GmbH, Frankfurt am Main
Untergang eines Herzens: Stefan Zweig, ›Verwirrung der Gefühle. Erzählungen‹ (= GWE*), © 1983 S. Fischer Verlag GmbH, Frankfurt am Main
Sommernovellette: Stefan Zweig, ›Phantastische Nacht. Erzählungen‹ (= GWE*), © 1982 S. Fischer Verlag GmbH, Frankfurt am Main
Die Gouvernante: Stefan Zweig, ›Phantastische Nacht. Erzählungen‹ (= GWE*), © 1982 S. Fischer Verlag GmbH, Frankfurt am Main
Die Monotonisierung der Welt: Stefan Zweig, ›Zeiten und Schicksale. Aufsätze und Vorträge aus den Jahren 1902-1942‹ (= GWE*), © 1990 S. Fischer Verlag GmbH, Frankfurt am Main
Das Geheimnis des künstlerischen Schaffens: Stefan Zweig, ›Das Geheimnis des künstlerischen Schaffens. Essays‹ (= GWE*), © 1984 S. Fischer Verlag GmbH, Frankfurt am Main

* GWE: Stefan Zweig, Gesammelte Werke in Einzelbänden. Herausgegeben von Knut Beck